在天涯

诗选 1989–2008

北岛集

在天涯

诗选 1989–2008

生活·讀書·新知 三联书店

2008年在《今天》三十年诗歌音乐晚会上

1990年5月和朋友们在挪威奥斯陆

1991年和朋友们在爱荷华

1989年和多多(中)、万之在挪威

1999年秋和张枣在德国

1992年和李陀、陈平原、李欧梵、汪晖等在斯德哥尔摩

2005年获颁诗歌奖,和顾彬(右)等在德国不来梅港。

2008年《今天》三十年诗歌音乐晚会(香港中文大学)

1995 年和女儿田田在法国

2011 年获布朗大学荣誉文学博士

三联版小序

窗户,纸和笔。无论昼夜,拉上厚窗帘,隔绝世上的喧嚣,这多年的习惯——写作从哪儿开始的?

面对童年,与那个孩子对视。皆因情起,寻找生命的根。从十五岁起,有个作家的梦想,根本没想到多少代价。恍如隔世,却近在咫尺:迷失、黑暗、苦难、生者与死者,包括命运。穿越半个世纪的不测风云——我头发白了。

按中国人说法,命与运。我谈到俄国诗人曼德尔施塔姆。除了外在命运,还有一种内在命运,即常说的使命。外在命运和使命之间相生相克。一个有使命感的人,必然与外在命运抗争,并引导外在命运。

十九岁那年当建筑工人,初试动笔,这是出发的起点。众人睡通铺,唯我独醒。微光下,读书做笔记,静夜,照亮尊严的时刻。六年混凝土工,五年铁匠,劳动是永恒的主题——与大地共呼吸。筑起地基,寻找文字的重心;大锤击打,进入诗歌的节奏。感谢师傅们,教我另一种知识。谁引领青春岁月,在时代高压下,在旱地的裂缝深埋种子。

四十不惑，迎风在海外漂泊。重新学习生活、为人之道，必诚实谦卑。幸运的是，遇上很多越界的人，走在失败的路上。按塞缪尔·贝克特的说法，失败，试了，失败，试了再试，多少好点儿。谁都不可能跨越，若有通道，以亲身体验穿过语言的黑暗。打开门窗，那移动的地平线，来自内在视野。

写作的人是孤独的。写作在召唤，有时沉默，有时叫喊，往往没有回声。写作与孤独，形影不离，影子或许成为主人。如果有意义的话，写作就是迷失的君王。在桌上，文字越过边缘，甚至延展到大地。如果说，远行与回归，而回归的路更长。

我总体愚笨。在七十年代地下文坛，他们出类拔萃，令我叹服，幸好互相取暖，砥砺激发。我性格倔强，摸黑，在歧路，不见棺材不掉泪。其实路没有选择，心是罗盘，到处是重重迷雾，只能往前走。

很多年过去了。回头看，沿着一排暗中的街灯，两三盏灭了，郁闷中有意外的欣喜：街灯明灭，勾缀成行，为了生者与死者。

北岛

2014 年 12 月 8 日

目　录

辑一（1989—1990）

3　　钟　声
5　　晚　景
6　　重建星空
7　　无　题
8　　无　题
9　　在路上
11　　布拉格
13　　过　节
14　　无　题
16　　知　音
17　　仅仅一瞬间
19　　占　领
20　　磨　刀
21　　此　刻
22　　纪念日
23　　乡　音
24　　画
25　　黑　盒
26　　巴赫音乐会

27 夜　归
28 写　作
29 四　月

辑二（1991—1993）

33 岁　末
34 午夜歌手
36 多事之秋
37 以　外
38 致托马斯·特朗斯特罗默
39 午后随笔
40 苹果与顽石
41 无　题
42 东方旅行者
44 忧　郁
45 夜　巡
46 毒　药
47 记　录
48 在天涯
49 醒　悟
50 新世纪
52 问　天
54 忠　诚
55 无　题
56 遭　遇

57　夏季指南
58　一幅肖像
59　关于永恒

辑三（1994—1996）

63　抵　达
64　另一个
65　蓝　墙
66　创　造
68　完　整
70　背　景
71　无　题
73　这一天
75　二　月
77　进　程
78　我　们
80　出　场
81　明　镜
83　早　晨
84　新　手
86　重　影
87　据我所知
90　守　夜
91　无　题
92　无　题

94 紫　色
95 旧　地
97 为　了
98 无　题
99 零度以上的风景
100 不对称
101 蜡
103 关键词
105 无　题
106 远　景
107 边　境
109 借来方向
111 新　年
112 无　题
113 冬之旅
114 休　息
115 工　作
116 旅　行

辑四（1997—2000）

119 六　月
121 阅　读
123 安魂曲
125 阳　台
127 古　堡

130 无 题

132 岗 位

133 战 后

134 嗅 觉

135 开 车

137 无 题

138 不

139 中秋节

141 夜 空

142 无 题

143 灵魂游戏

144 哭 声

146 教师手册

148 练习曲

150 写 信

151 怀 念

153 代 课

155 晨 歌

156 目的地

157 变 形

158 回 家

160 逆光时刻

161 狩 猎

163 使 命

165 转 椅

166 开　锁
168 旱　季
169 护城河
171 第五街

辑五（2001—2008）

175 黑色地图
177 拉姆安拉
179 时间的玫瑰
181 路　歌
183 给父亲
186 晴　空
188 那最初的
190 同　行
192 过渡时期
194 青　灯
196 旅行日记
198 致　敬
200 读　史
201 过　冬

辑一

（1989—1990）

钟 声

钟声深入秋天的腹地
裙子纷纷落在树上
取悦着天空

我看见苹果腐烂的过程

带暴力倾向的孩子们
像黑烟一样升起
房瓦潮湿

十里风暴有了不倦的主人

沉默的敲钟人
展开的时间的幕布
碎裂,漫天飘零

一个个日子撞击不停

船只登陆

在大雪上滑行

一只绵羊注视着远方

它空洞的目光有如和平

万物正重新命名

尘世的耳朵

保持着危险的平衡

这是死亡的钟声

晚　景

充了电的大海
船队满载着持灯的使者
逼近黑暗的细节

瞬间的刀锋
削掉一棵棵柏树上的火焰
枝干弯向更暗的一边

改变了夜的方向
山崖上的石屋
门窗开向四面八方

那些远道而来的灵魂
聚在光洁的瓷盘上
一只高脚蚊子站在中间

重建星空

一只鸟保持着
流线型的原始动力
在玻璃罩内
痛苦的是观赏者
在两扇开启着的门的
对立之中

风掀起夜的一角
老式台灯下
我想到重建星空的可能

无 题

比事故更陌生
比废墟更完整

说出你的名字
它永远弃你而去

钟表内部
留下青春的水泥

无 题

我看不见
清澈的水池里的金鱼
隐秘的生活
我穿越镜子的努力
没有成功

一匹马在古老的房顶
突然被勒住缰绳
我转过街角
乡村大道上的尘土
遮蔽天空

在路上

七月,废弃的采石场
倾斜的风和五十只纸鹞掠过
向海跪下的人们
放弃了千年的战争

我调整时差
于是我穿过我的一生

欢呼自由
金沙的声音来自水中
腹中躁动的婴儿口含烟草
母亲的头被浓雾裹挟

我调整时差
于是我穿过我的一生

这座城市正在迁移
大大小小的旅馆排在铁轨上
游客们的草帽转动
有人向他们射击

我调整时差
于是我穿过我的一生

蜜蜂成群结队
追逐着流浪者飘移的花园
歌手与盲人
用双重光辉激荡夜空

我调整时差
于是我穿过我的一生

覆盖死亡的地图上
终点是一滴血
清醒的石头在我的脚下
被我遗忘

布拉格

一群乡下蛾子在攻打城市
街灯,幽灵的脸
细长的腿支撑着夜空

有了幽灵,有了历史
地图上未标明的地下矿脉
是布拉格粗大的神经

卡夫卡的童年穿过广场
梦在逃学,梦
是坐在云端的严厉的父亲

有了父亲,有了继承权
一只耗子在皇宫的走廊漫步
影子的侍从前簇后拥

从世纪大门出发的轻便马车
途中变成了坦克
真理在选择它的敌人

有了真理,有了遗忘
醉汉如雄蕊在风中摇晃
抖落了尘土的咒语

越过伏尔塔瓦河上时间的
桥,进入耀眼的白天
古老的雕像们充满敌意

有了敌意,有了荣耀
小贩神秘地摊开一块丝绒
请买珍珠聚集的好天气

过 节

毒蛇炫耀口中的钉子
大地有着毒蛇
吞吃鸟蛋的寂静
所有钟表
停止在无梦的时刻
丰收聚敛着
田野死后的笑容
从水银的镜子出发
影像成双的人们
乘家庭的轮子
去集市
一位本地英雄
在废弃的停车场上
唱歌

玻璃晴朗
桔子辉煌

无　题

他睁开第三只眼睛
那颗头上的星辰
来自东西方相向的暖流
构成了拱门
高速公路穿过落日
两座山峰骑垮了骆驼
骨架被压进深深的
煤层

他坐在水下狭小的舱房里
压舱石般镇定
周围的鱼群光芒四射
自由那黄金的棺盖
高悬在监狱上方
在巨石后面排队的人们
等待着进入帝王的

记忆

词的流亡开始了

知　音

一只管风琴里的耗子
经历的风暴，停顿

白昼在延长
身体是大地的远景
绝对的辨音力
绝对的天空

一曲未终
作曲家的手稿飘散
被风暴收回

仅仅一瞬间

仅仅一瞬间
金色的琉璃瓦房檐
在黑暗中翘起
像船头闯进我的窗户
古老的文明
常使我的胃疼痛

仅仅一瞬间
青草酿造的牛奶沉寂
玻璃杯上
远处的灯光闪烁
这些环绕着死亡的
未来的嘴唇
有月亮的颜色

仅仅一瞬间

带着遗传秘密的男孩

奔跑中转过身来

从黎明的方向

用玻璃手枪朝我射击

弹道五光十色

仅仅一瞬间

气候习惯了我的呼吸

小雪,风力二级

松鸡在白色恐怖中飞奔

蚯蚓们在地下交谈

冬天里的情人

有着简单的语言

仅仅一瞬间

一把北京的钥匙

打开了北欧之夜的门

两根香蕉一只橙子

恢复了颜色

占　领

夜繁殖的一群蜗牛
闪闪发亮,逼近
人类的郊区
悬崖之间的标语写着:
未来属于你们

失眠已久的礁石
和水流暗合
导游的声音空旷:
这是敌人呆过的地方

少年跛脚而来
又跛脚奔向把守隘口的
方形的月亮

磨 刀

我借清晨的微光磨刀
发现刀背越来越薄
刀锋仍旧很钝
太阳一闪

大街上的人群
是巨大的橱窗里的树林
寂静轰鸣
我看见唱头正沿着
一棵树桩的年轮
滑向中心

此　刻

那伟大的进军
被一个精巧的齿轮
制止

从梦中领取火药的人
也领取伤口上的盐
和诸神的声音
余下的仅是永别
永别的雪
在夜空闪烁

纪念日

于是我们迷上了深渊

一个纪念日
痛饮往昔的风暴
和我们一起下沉

风在钥匙孔里成了形
那是死者的记忆
夜的知识

乡 音

我对着镜子说中文
一个公园有自己的冬天
我放上音乐
冬天没有苍蝇
我悠闲地煮着咖啡
苍蝇不懂什么是祖国
我加了点儿糖
祖国是一种乡音
我在电话线的另一端
听见了我的恐惧

画

——给田田五岁生日

穿无袖连衣裙的早晨到来
大地四处滚动着苹果
我的女儿在画画
五岁的天空是多么辽阔
你的名字是两扇窗户
一扇开向没有指针的太阳
一扇开向你的父亲
他变成了逃亡的刺猬
带上几个费解的字
一只最红的苹果
离开了你的画
五岁的天空是多么辽阔

黑　盒

是谁在等待
一次预约的日出

我关上门
诗的内部一片昏暗

在桌子中央
胡椒皇帝愤怒

一支乐曲记住我
并卸下了它的负担

钟表零件散落
在皇室的地平线上

事件与事件相连
穿过隧道

巴赫音乐会

一颗罂粟籽挣脱了
鸟儿拨动风向的舌头
千匹红布从天垂落
人们迷失在
鲜艳的死亡中
巢穴空空
这是泄露天机的时刻

大教堂从波涛中升起
海下的山峰
带来史前的寂寞
左手变成玻璃
右手变成铁
我笨拙地鼓着掌
像一只登陆的企鹅

夜 归

经历了空袭警报的音乐
我把影子挂在衣架上
摘下那只用于
逃命的狗的眼睛
卸掉假牙,这最后的词语
合上老谋深算的怀表
那颗设防的心

一个个小时掉进水里
像深水炸弹在我的梦中
爆炸

写 作

始于河流而止于源泉

钻石雨
正在无情地剖开
这玻璃的世界

打开水闸,打开
刺在男人手臂上的
女人的嘴巴

打开那本书
词已磨损,废墟
有着帝国的完整

四 月

四月的风格不变:
鲜花加冰霜加抒情的翅膀

海浪上泡沫的眼睛
看见一把剪刀
藏在那风暴的口袋中

我双脚冰凉,在田野
那阳光鞣制的虎皮前止步

而头在夏天的闪电之间冥想
两只在冬天聋了的耳朵
向四周张望——

星星,那些小小的拳头
集结着浩大的游行

辑二

(1991—1993)

岁 末

从一年的开始到终结
我走了多年
让岁月弯成了弓
到处是退休者的鞋
私人的尘土
公共的垃圾

这是并不重要的一年
铁锤闲着,而我
向以后的日子借光
瞥见一把白金尺
在铁砧上

午夜歌手

一首歌

是房顶上奔跑的贼

偷走了六种颜色

并把红色指针

指向四点钟的天堂

四点钟爆炸

在公鸡脑袋里

有四点钟的疯狂

一首歌

是棵保持敌意的树

在边界另一方

它放出诺言

那群吞吃明天的狼

一首歌

是背熟身体的镜子

是记忆之王

是蜡制的舌头们

议论的火光

是神话喂养的花草

是蒸汽火车头

闯进教堂

一首歌

是一个歌手的死亡

他的死亡之夜

被压成黑色唱片

反复歌唱

多事之秋

深深陷入黑暗的蜡烛
在知识的页岩中寻找标本
鱼贯的文字交尾后
和文明一起沉睡到天明

惯性的轮子,禁欲的雪人
大地棋盘上的残局
已搁置了多年
一个逃避规则的男孩
越过界河去送信
那是诗,或死亡的邀请

以 外

瓶中的风暴率领着大海前进
码头以外,漂浮的不眠之床上
拥抱的情人接上权力的链条
画框以外,带古典笑容的石膏像
以一日之内的阴影说话
信仰以外,骏马追上了死亡
月亮不停地在黑色事件上盖章
故事以外,一棵塑料树迎风招展
阴郁的粮食是我们生存的借口

致托马斯·特朗斯特罗默

你把一首诗的最后一句
锁在心里——那是你的重心
随钟声摆动的教堂的重心
和无头的天使跳舞时
你保持住了平衡

你的大钢琴立在悬崖上
听众们紧紧抓住它
惊雷轰鸣,琴键疾飞
你回味着夜的列车
怎样追上了未来的黑暗

从蓝房子的车站出发
你冒雨去查看蘑菇
日与月,森林里的信号灯
七岁的彩虹后面
挤满戴着汽车面具的人

午后随笔

女侍沉甸甸的乳房
草莓冰激凌

遮阳伞礼貌地照顾我
太阳照顾一只潮虫

醉汉们吹响了空酒瓶
我和烟卷一起走神

警笛,收缩着地平线
限制了我的时间

水龙头干吼的四合院
升起了无为的秋天

苹果与顽石

大海的祈祷仪式
一个坏天气俯下了身

顽石空守五月
抵抗着绿色传染病

四季轮流砍伐着大树
群星在辨认道路

醉汉以他的平衡术
从时间中突围

一颗子弹穿过苹果
生活已被借用

无 题

苍鹰的影子掠过
麦田战栗

我成为夏天的解释者
回到大路上
戴上帽子集中思想

如果天空不死

东方旅行者

早饭包括面包果酱奶油
和茶。我看窗外肥胖的鸽子
周围的客人动作迟缓
水族馆

我沿着气泡攀登

四匹花斑小马的精彩表演
它们期待的是燕麦
细细咀嚼时间的快乐

我沿着雷鸣的掌声攀登

推土机过后的夏天
我和一个陌生人交换眼色
死神是偷拍的大师
他借助某只眼睛

选取某个角度

我沿着陌生人的志向攀登

那自行车赛手表情变形
他无法停下来,退出急流
像弹钢琴的某个手指

我沿着旋律攀登

某人在等火车时入睡
他开始了终点以后的旅行
电话录音机回答:
请在信号声响后留话

忧 郁

我乘电梯从地下停车场
升到海平线的位置
冥想继续上升,越过蓝色

像医生一样不可阻挡
他们,在决定我的一生:
通向成功的道路

男孩子的叫喊与季节无关
他在成长,他知道
怎样在梦里伤害别人

夜 巡

他们的天空,我的睡眠
黑暗中的演讲者

在冬天转车
在冬天转车
养蜂人远离他的花朵

另一个季节在停电
小小的祭品啊
不同声部的烛火

老去已不可能,老去的
半路,老虎回头——

毒　药

烟草屏住呼吸

流亡者的窗户对准
大海深处放飞的翅膀
冬日的音乐驶来
像褪色的旗帜

是昨天的风，是爱情

悔恨如大雪般降落
当一块石头裸露出结局
我以此刻痛哭余生

再给我一个名字

我伪装成不幸
遮挡母语的太阳

记　录

当一只桔子偷运死亡

人们三五成群

闲谈沉睡在他乡的黄金

和女人，警察敲门

道路在明天转身

重新核对着大事年表

而错误不可避免：

诗已诞生

在天涯

群山之间的爱情

永恒,正如万物的耐心
简化人的声音
一声凄厉的叫喊
从远古至今

休息吧,疲惫的旅行者
受伤的耳朵
暴露了你的尊严

一声凄厉的叫喊

醒　悟

成群的乌鸦再次出现
冲向行军的树林

我在冬天的斜坡上醒来
梦在向下滑行

有时阳光仍保持
两只狗见面时的激动

那交响乐是一所医院
整理着尘世的混乱

老人突然撒手
一生织好的布匹

水涌上枝头
金属的玫瑰永不凋零

新世纪

倾心于荣耀,大地转暗
我们读混凝土之书的
灯光,读真理

金子的炸弹爆炸
我们情愿成为受害者
把伤口展示给别人

考古学家会发现
底片上的时代幽灵
一个孩子抓住它,说不

是历史妨碍我们飞行
是鸟妨碍我们走路

是腿妨碍我们做梦

是我们诞生了我们

是诞生

问 天

今夜雨零乱

清风翻书

字典旁敲侧击

逼我就范

从小背古诗

不得要领

阐释的深渊旁

我被罚站

月朗星稀

老师的手从中

指点迷津

影子戏仿人生

有人在教育

的斜坡上滑雪
他们的故事
滑出国界

词滑出了书
白纸是遗忘症
我洗净双手
撕碎它,雨停

忠　诚

别开灯
黑暗之门引来圣者

我的手熟知途径
像一把旧钥匙
在心的位置
打开你的命运

三月在门外飘动

几根竹子摇晃
有人正从地下潜泳
暴风雪已过
蝴蝶重新集结

我信仰般追随你
你追随死亡

无 题

在母语的防线上
奇异的乡愁
垂死的玫瑰

玫瑰用茎管饮水
如果不是水
至少是黎明

最终露出午夜
疯狂的歌声
披头散发

遭　遇

他们煮熟了种子
绕过历史，避开战乱
深入夜的矿层
成为人民

在洞穴的岩画上
我触摸到他们
挖掘的手指
欲望的耻骨
回溯源头的努力

仅在最后一步
他们留在石壁中
拒我在外

我走出洞穴
汇入前进的人流

夏季指南

如隐身的匠人敲打金箔
大海骤然生辉——
船只四出追逐夜色
带着灯,那天使们的水晶

鸥群进行着神秘的运算
结果永远是那受伤的一只
风吹起它耷拉的羽毛
夸大了这一垂死的事实

峭壁像手风琴般展开
回声,使做爱的人们发狂
岸上唯一的古堡
和海中的映象保持对称

一幅肖像

为信念所伤,他来自八月
那危险的母爱
被一面镜子夺去
他侧身于犀牛与政治之间
像裂缝隔开时代

哦同谋者,我此刻
只是一个普通的游客
在博物馆大厅的棋盘上
和别人交叉走动

激情不会过时
但访问必须秘密进行
我突然感到那琴弦的疼痛
你调音,为我奏一曲
在众兽涌入历史之前

关于永恒

从众星租来的光芒下
长跑者穿过死城

和羊谈心
我们共同分享美酒
和桌下的罪行

雾被引入夜歌
炉火如伟大的谣言
迎向风

如果死是爱的理由
我们爱不贞之情
爱失败的人
那察看时间的眼睛

辑三

（1994—1996）

抵 达

那时我们还年轻
疲倦得像一只瓶子
等待愤怒升起

哦岁月的愤怒

火光羞惭啊黑夜永存
在书中出生入死
圣者展现了冬天的意义

哦出发的意义

汇合着的啜泣抬头
大声叫喊
被主所遗忘

另一个

这棋艺平凡的天空
看海水变色
楼梯深入镜子
盲人学校里的手指
触摸鸟的消亡

这闲置冬天的桌子
看灯火明灭
记忆几度回首
自由射手们在他乡
听历史的风声

某些人早已经匿名
或被我们阻拦在地平线以下
而另一个在我们之间
突然嚎啕大哭

蓝 墙

道路追问天空

一只轮子
寻找另一只轮子作证:

这温暖的皮毛
闪电之诗
生殖和激情
此刻或缩小的全景
无梦

是汽油的欢乐

创　造

世世代代的创造令我不安
例如夜在法律上奔走
总有一种原因
一只狗向着雾狂吠
船在短波中航行
被我忘记了的灯塔
如同拔掉的牙不再疼痛
翻飞的书搅乱了风景
太阳因得救而升起
那些人孤独得跺着脚排队
一阵钟声为他们押韵

除此以外还剩下什么
霞光在玻璃上大笑
电梯下降，却没有地狱

一个被国家辞退的人
穿过昏热的午睡
来到海滩,潜入水底

完　整

在完整的一天的尽头
一些搜寻爱情的小人物
在黄昏留下了伤痕

必有完整的睡眠
天使在其中关怀某些
开花的特权

当完整的罪行进行时
钟表才会准时
火车才会开动

琥珀里完整的火焰
战争的客人们
围着它取暖

冷场，完整的月亮升起
一个药剂师在配制
剧毒的时间

背　景

必须修改背景
你才能够重返故乡

时间撼动了某些字
起飞，又落下
没透露任何消息
一连串的失败是捷径
穿过大雪中寂静的看台
逼向老年的大钟

而一个家庭宴会的高潮
和酒精的含量有关
离你最近的女人
总是带着历史的愁容
注视着积雪、空行

田鼠们所坚信的黑暗

无 题

在父亲平坦的想象中
孩子们固执的叫喊
终于撞上了高山
不要惊慌
我沿着某些树的想法
从口吃转向歌唱

来自远方的悲伤
是一种权力
我用它锯桌子
有人为了爱情出发
而一座宫殿追随风暴
驶过很多王朝

带家具的生活
此外,跳蚤摇动大鼓

道士们练习升天

青春深入小巷

为夜的逻辑而哭

我得到休息

这一天

风熟知爱情
夏日闪烁着皇家的颜色
钓鱼人孤独地测量
大地的伤口
敲响的钟在膨胀
午后的漫步者
请加入这岁月的含义

有人俯向钢琴
有人扛着梯子走过
睡意被推迟了几分钟
仅仅几分钟
太阳在研究阴影
我从明镜饮水
看见心目中的敌人

男高音的歌声

像油轮激怒大海

我凌晨三时打开罐头

让那些鱼大放光明

二 月

夜正趋于完美
我在语言中漂流
死亡的乐器
充满了冰

谁在日子的裂缝上
歌唱,水变苦
火焰失血
山猫般奔向星星
必有一种形式
才能做梦

在早晨的寒冷中
一只觉醒的鸟
更接近真理
而我和我的诗

一起下沉

书中的二月：
某些动作与阴影

进　程

日复一日，苦难
正如伟大的事业般衰败
像一个小官僚
我坐在我的命运中
点亮孤独的国家

死者没有朋友
盲目的煤，嘹亮的灯光
我走在我的疼痛上
围栏以外的羊群
似田野开绽

形式的大雨使石头
变得残破不堪
我建造我的年代
孩子们凭借一道口令
穿过书的防线

我 们

失魂落魄
提着灯笼追赶春天

伤疤发亮,杯子转动
光线被创造
看那迷人的时刻:
盗贼潜入邮局
信发出叫喊

钉子啊钉子
这歌词不可更改
木柴紧紧搂在一起
寻找听众

寻找冬天的心
河流尽头

船夫等待着茫茫暮色

必有人重写爱情

出 场

语病盛开的童年
我们不多说
闲逛人生
看栅栏后的大海
我们搭乘过的季节
跃入其中

音乐冷酷无比
而婚姻错落有致
一个厌世者
走向确切的地址
如烟消散

无尽的悲哀之浪
催孩子们起床
阳光聚散
我们不多说

明　镜

夜半饮酒时
真理的火焰发疯
回首处
谁没有家
窗户为何高悬

你倦于死
道路倦于生
在那火红的年代
有人昼伏夜行
与民族对弈

并不止于此
挖掘你睡眠的人
变成蓝色
早晨倦于你

明镜倦于词语

想想爱情
你有如壮士
惊天动地之处
你对自己说
太冷

早　晨

那些鱼内脏如灯
又亮了一次

醒来，口中含盐
好似初尝喜悦

我出去散步
房子学会倾听

一些树转身
某人成了英雄

必须用手势问候
鸟和打鸟的人

新　手

新手的夜晚

无所畏惧

他们在房顶齐声朗读

一纸无字的黄昏

他们在大雪的债务

和马的喘息中

接近开花的地点

他们在时代广场上

著书立说

用长鞭触及意义

在水泥裂缝

种自己的名字

日子被折叠起来

还剩下什么

随生死起伏的歌声

必将返回到他们

长大而无声的嘴巴中

重 影

谁在月下敲门
看石头开花
琴师在回廊游荡
令人怦然心动
不知朝夕
流水和金鱼
拨动时光方向

向日葵受伤
指点路径
盲人们站在
不可理解之光上
抓住愤怒
刺客与月光
一起走向他乡

据我所知

前往那故事中的人们
搬开了一座大山
他才诞生

我从事故出发
刚抵达另一个国家
颠倒字母
使每餐必有意义

踮脚够着时间的刻度
战争对他还太远
父亲又太近
他低头通过考试
踏上那无边的甲板

隔墙有耳

但我要跟上他的速度

写作！

他用红色油漆道路

让凤凰们降落

展示垂死的动作

那些含义不明的路标

环绕着冬天

连音乐都在下雪

我小心翼翼

每个字下都是深渊

当一棵大树

平息着八面来风

他的花园

因妄想而荒芜

我漫不经心地翻看

他的不良记录
只能坚信过去的花朵

他伪造了我的签名
而长大成人
并和我互换大衣
以潜入我的夜
搜寻着引爆故事的
导火索

守 夜

月光小于睡眠
河水穿过我们的房间
家具在哪儿靠岸

不仅是编年史
也包括非法的气候中
公认的一面
使我们接近雨林
哦哭泣的防线

玻璃镇纸读出
文字叙述中的伤口
多少黑山挡住了
一九四九年

在无名小调的尽头
花握紧拳头叫喊

无 题

——给马丁·莫依

集邮者们窥视生活
欢乐一闪而过

夜傲慢地跪下
托起世代的灯火

风转向,鸟发狂
歌声摇落多少苹果

不倦的情人白了头
我俯身看命运

泉水安慰我
在这无用的时刻

无 题

人们赶路,到达
转世,隐入鸟之梦
太阳从麦田逃走
又随乞丐返回

谁与天比高
那早夭的歌手
在气象图里飞翔
掌灯冲进风雪

我买了份报纸
从日子找回零钱
在夜的入口处
摇身一变

被颂扬之鱼

穿过众人的泪水
喂,上游的健康人
到明天有多远

紫 色

明亮的下午
号角阵阵
满树的柿子晃动
如知识在脑中
我开门等夜
在大师的时间里
读书,下棋
有人从王位上
扔出石头

没有击中我
船夫幽灵般划过
波光创造了你
并为你文身
我们手指交叉
一颗星星刹住车
照亮我们

旧 地

死亡总是从反面
观察一幅画

此刻我从窗口
看见我年轻时的落日
旧地重游
我急于说出真相
可在天黑前
又能说出什么

饮过词语之杯
更让人干渴
与河水一起援引大地
我在空山倾听
吹笛人内心的呜咽

税收的天使们
从画的反面归来
从那些镀金的头颅
一直清点到落日

为 了

不眠之灯引导着你
从隐藏的棋艺中
找到对手

歌声兜售它的影子
你从某个结论
走向开放的黎明
为什么那最初的光线
让你如此不安?

一颗被种进伤口的
种子拒绝作证:
你因期待而告别
因爱而受苦

激情,正如轮子
因闲置而完美

无 题

当语言发疯,我们
在法律的一块空地上
因聋哑而得救
一辆辆校车
从光的深渊旁驶过
夜是一部旧影片
琴声如雨浸润了时代

孤儿们追逐着蓝天
服丧的书肃立
在通往阐释之路上
杜鹃花及姐妹们
为死亡而开放

零度以上的风景

是鹞鹰教会歌声游泳
是歌声追溯那最初的风

我们交换欢乐的碎片
从不同的方向进入家庭

是父亲确认了黑暗
是黑暗通向经典的闪电

哭泣之门砰然关闭
回声在追赶它的叫喊

是笔在绝望中开花
是花反抗着必然的旅程

是爱的光线醒来
照亮零度以上的风景

不对称

历史的诡计之花开放
忙于演说的手指受伤
攒下来的阳光成为年龄
你沉于往事和泡沫
埋葬愤怒的工具
一个来自过去的陌生人
从镜子里指责你

而我所看到的是
守城的昏鸦正一只只死去
教我呼吸和意义的老师
在我写作的阴影咳血
那奔赴节日的衣裙
随日蚀或完美的婚姻
升起,没有歌声

蜡

青春期的蜡
深藏在记忆的锁内
火焰放弃了酒
废墟上的匆匆过客
我们的心

我们的心
会比恨走得更远
夜拒绝明天的读者
被点燃的蜡烛
晕眩得像改变天空的
一阵阵钟声
此刻唯一的沉默

此刻唯一的沉默

是裸露的花园
我们徒劳地卷入其中
烛火比秋雾更深
漫步到天明

关键词

我的影子很危险
这受雇于太阳的艺人
带来最后的知识
是空的

那是蛀虫工作的
黑暗属性
暴力的最小的孩子
空中的足音

关键词,我的影子
锤打着梦中之铁
踏着那节奏
一只孤狼走进

无人失败的黄昏

鹭鸶在水上书写

一生一天一个句子

结束

无　题

千百个窗户闪烁
这些预言者
在昨天与大海之间
哦迷途的欢乐

桥成为现实
跨越公共的光线
而涉及昨日玫瑰的
秘密旅行提供
一张纸一种困境

母亲的泪我的黎明

远　景

海鸥，尖叫的梦
抗拒着信仰的天空
当草变成牛奶
风失去细节

若风是乡愁
道路就是其言说

在道路尽头
一只历史的走狗
扮装成夜
正向我逼近

夜的背后
有无边的粮食
伤心的爱人

边 境

风暴转向北方的未来

病人们的根在地下怒吼

太阳的螺旋桨

驱赶蜜蜂变成光芒

链条上的使者们

在那些招风耳里播种

被记住的河流

不再终结

被偷去了的声音

已成为边境

边境上没有希望

一本书

吞下一个翅膀

还有语言的坚冰中

赎罪的兄弟

你为此而斗争

借来方向

一条鱼的生活
充满了漏洞
流水的漏洞啊泡沫
那是我的言说

借来方向
醉汉穿过他的重重回声
而心是看家狗
永远朝向抒情的中心

行进中的音乐
被一次事故所粉碎
天空覆盖我们
感情生活的另一面

借来方向

候鸟挣脱了我的睡眠

闪电落入众人之杯

言者无罪

新 年

怀抱花朵的孩子走向新年
为黑暗纹身的指挥啊
在倾听那最短促的停顿

快把狮子关进音乐的牢笼
快让石头伪装成隐士
在平行之夜移动

谁是客人?当所有的日子
倾巢而出在路上飞行
失败之书博大精深

每一刻都是捷径
我得以穿过东方的意义
回家,关上死亡之门

无　题

醒来是自由
那星辰之间的矛盾

门在抵抗岁月
丝绸卷走了叫喊
我是被你否认的身份
从心里关掉的灯

这脆弱的时刻
敌对的岸
风折叠所有的消息
记忆变成了主人

哦陈酒
因表达而变色
煤会遇见必然的矿灯
火不能为火作证

冬之旅

谁在虚无上打字
太多的故事
是十二块石头
击中表盘
是十二只天鹅
飞离冬天

而夜里的石头
描述着光线
盲目的钟
为缺席者呼喊

进入房间
你看见那个丑角
在进入冬天时
留下的火焰

休 息

你终于到达
云朵停靠的星期天

休息,正如谎言
必须小心有人窥看

它在键盘上弹奏
白昼与黑夜

弹奏明天
那幸福的链条

死者挣脱了影子
锁住天空

工 作

与它的影子竞赛
鸟变成了回声

并非偶然,你
在风暴中选择职业
是飞艇里的词
古老的记忆中的
刺

开窗的母亲
像旧书里的主人公
展开秋天的折扇
如此耀眼

你这不肖之子
用白云擦洗玻璃
擦洗玻璃中的自己

旅　行

那影子在饮水
那笑声模仿
撑开黎明的光线的
崩溃方式

带着书去旅行
书因旅行获得年龄
因旅行而匿名
那深入布景的马
回首

你刚好到达
那人出生的地方

鱼从水下看城市
水下有新鲜的诱饵
令人难堪的锚

辑四

(1997—2000)

六　月

风在耳边说,六月
六月是张黑名单
我提前离席

请注意告别方式
那些词的叹息

请注意那些诠释:
无边的塑料花
在死亡左岸
水泥广场
从写作中延伸

到此刻
我从写作中逃跑
当黎明被锻造

旗帜盖住大海

而忠实于大海的
低音喇叭说,六月

阅 读

品尝多余的泪水
你的星宿啊
照耀着迷人的一天

一双手是诞生中
最抒情的部分
一个变化着的字
在舞蹈中
寻找它的根

看夏天的文本
那饮茶人的月亮
正是废墟上
乌鸦弟子们的
黄金时间

所有跪下的含义

损坏了指甲

所有生长的烟

加入了人的诺言

品尝多余的大海

背叛的盐

安魂曲

——给珊珊

那一年的浪头
淹没了镜中之沙
迷途即离别
而在离别的意义上
所有语言的瞬间
如日影西斜

生命只是个诺言
别为它悲伤
花园毁灭以前
我们有过太多时间
争辩飞鸟的含义
敲开午夜之门

孤独像火柴被擦亮
当童年的坑道

导向可疑的矿层

迷途即离别

而诗在纠正生活

纠正诗的回声

阳　台

钟声是一种欲望
会导致错误的风向
有人沿着街道的
吩咐回家
走向他的苹果

说书人和故事一起
迁移，没再回来
数数鸟窝
我们常用数字
记住那赤脚的歌声
年代就这样
爬上我们的黄昏

刚好到陈酒斟在

杯子里的高度

回忆忙于挑选客人

看谁先到达

古　堡

那些玫瑰令人羞惭
像这家族的真理
让你久久逗留

喷泉追溯到生殖
黑暗的第一线光明
死水吞吃浮雕上
骄傲的火焰

松墙的迷宫是语法
你找到出路才会说话
沿着一级级台阶
深入这语言的内部
明门暗道通向
那回声般的大厅

你高喊,没有回声

在环绕你的肖像中
最后一代女主人
移开她老年的面具

在情欲之杯饮水
她目送一只猫
走出那生命的界限
零度,琴声荡漾
他人的时刻表
不再到达的明天

一九一六年。战争箭头
指往所有方向
她铺上雪白的桌布
召唤饥饿的艺术
当最后的烛火
陈述着世纪的风暴
她死于饥饿

井,大地的独眼

你触摸烛台
那双冰冷的手
握住火焰
她喂养过的鸽子
在家族的沉默作窝

听到明天的叹息
大门砰然关闭
艺术已死去
玫瑰刚刚开放

无 题

小号如尖锐的犁
耕种夜:多久
阳光才会破土

多久那聆听者才会
转身,看到我们
多久我们才会
通过努力
成为我们的荣耀

直到谷粒入仓
这思想不属于谁
那有此刻与来世的
落差:巨浪拍岸
我们与青春为邻

听狂暴心跳

在更空旷的地方
睡眠塞满稻草

岗 位

一只麋鹿走向陷阱
权力,枞树说,斗争

怀着同一秘密
我头发白了
退休——倒退着
离开我的岗位

只退了一步
不,整整十年
我的时代在背后
突然敲响大鼓

战 后

从梦里蒸馏的形象
在天边遗弃旗帜

池塘变得明亮
那失踪者的笑声
表明:疼痛
是莲花的叫喊

我们的沉默
变成草浆变成
纸,那愈合
书写伤口的冬天

嗅 觉

那气味让人记忆犹新
像一辆马车穿过旧货市场
古董、假货和叫卖者的
智慧蒙上了灰尘

和你的现实总有距离
在和老板的争吵中
你看见窗户里的广告
明天多好,明天牌牙膏

你面对着五个土豆
第六个是洋葱
这盘棋的结局如悲伤
从航海图上消失

开　车

旋律挣脱琴弦的激动

随烟雾溜出车窗

加入祖父们的灵魂

早安，白房子

你这田野永远奔忙的

救护车狂风

妄想打开的书映在

天上那电影的

忠实观众

醒来的人继续着

梦中的工作

驾驶巨大的割麦机

除掉不洁的念头

红灯亮了:
筑路工的真理

无　题

被笔勾掉的山水
在这里重现

我指的绝不是修辞
修辞之上的十月
飞行处处可见
黑衣侦察兵
上升，把世界
微缩成一声叫喊

财富变成洪水
闪光一瞬扩展成
过冬的经验
当我像个伪证人
坐在田野中间
大雪部队卸掉伪装
变成语言

不

答案很快就能知道
日历,那撒谎的光芒
已折射在他脸上

临近遗忘临近
田野的旁白
临近祖国这个词
所拥有的绝望

麦粒饱满
哦成熟的哭泣
今夜最忠实的孤独
在为他引路

他对所有排队
而喋喋不休的日子
说不

中秋节

含果核的情人
许愿,互相愉悦
直到从水下
潜望父母的婴儿
诞生

那不速之客敲我的
门,带着深入
事物内部的决心

树在鼓掌

喂,请等等,满月
和计划让我烦恼
我的手翻飞在
含义不明的信上

让我在黑暗里
多坐一会儿，好像
坐在朋友的心中

这城市如冰海上
燃烧的甲板
得救？是的，得救
水龙头一滴一滴
哀悼着源泉

夜　空

沉默的晚餐
盘子运转着黑暗
让我们分享
这煮熟的愤怒
再来点盐

假设拥有更大的
空间——舞台
饥饿的观众
越过我们的表演
目光向上

如升旗，升向
夜空：关闭的广场
一道光芒指出变化
移动行星
我们开始说话

无　题

被雾打湿
念头像被寒流
抖落的鸟群
你必忍受年龄
守望田野
倾听伟大音乐中
迂回的小径

而你是否会被
演奏所忽略
荒芜啊

不，简单
而并不多余
那赞美
那天空与大地
在水面之吻

灵魂游戏

那些手梳理秋风
有港口就有人等待
晴天,太多的
麻烦汇集成乌云

天气在安慰我们
像梦够到无梦的人

日子和楼梯不动
我们上下奔跑
直到蓝色脚印开花
直到记忆中的脸
变成关上的门

请坐,来谈谈
这一年剩下的书页
书页以外的沉沦

哭　声

大雪之蹄踏遍牧场
狂风正是旗手

历史不拥有动词
而动词是那些
试着推动生活的人
是影子推动他们
并因此获得
更阴暗的含义

一把小提琴诱导
我们转向过去
听人类早年的哭声
其中有荣耀
迷途先知的不幸

让不幸降到我们
所理解的程度
每家展开自己的旗帜
床单、炊烟或黄昏

教师手册

一所尚未放学的学校
暴躁不安但克制
我睡在它旁边
我的呼吸够到课本
新的一课:飞行

当陌生人的骄傲
降下三月雪
树扎根于天空
笔在纸上突围
河的拒绝桥的邀请

上钩的月亮
在我熟悉的楼梯
拐角,花粉与病毒
伤及我的肺伤及

一只闹钟

放学是场革命
孩子们跨越光的栅栏
转入地下
我和那些父母一起
看上升的星星

练习曲

风,树林的穷亲戚
去天边度假
向巨钟滚动的河
投掷柠檬

摄影机追随着阳光
像钢琴调音
那些小小的死亡
音色纯正

写作与战争同时进行
中间建造了房子
人们坐在里面
像谣言,准备出发

戒烟其实是戒掉

一种手势

为什么不说

词还没被照亮

写　信

那地址在我出生时
奔忙，贴上邮票

直到我搬家
它才变得完整

签名，然后我
穿过夜的无言歌

多少迷途的窗户
才能藏住一个月亮

日子，金色油漆
我们称为恐惧

怀 念

从呼吸困难的
终点转身——
山冈上的落叶天使
屋脊起伏的大海

回到叙述途中
水下梦想的潜水员
仰望飞逝的船只
旋涡中的蓝天

我们讲的故事
暴露了内心的弱点
像祖国之子
暴露在开阔地上

风与树在对话

那一瘸一拐的行走
我们围拢一壶茶
老年

代　课

沉船和第六街退休的
将军因阻挡过风暴嗜睡
我被辞退，一封信
带着权威的数字
让我承认他们的天空
是的，我微不足道
我的故事始于一个轮子

白桦林整齐的弓弦
一起搭向骏马的脖颈
游说于地图的歧路
穿过记忆时染上了颜色
图书馆已关门
那些被分类的证人
等待着逆时针的爱情

我为一位老师代课

她到丛林去生一本书

我扑向比书更大的黑板

鸟在其中藏起粮食

窗外,草地发蓝

从卖气球的人那里

每个孩子牵走一个心愿

晨　歌

词是歌中的毒药

在追踪歌的夜路上
警笛回味着
梦游者的酒精

醒来时头疼
像窗户透明的音箱
从沉默到轰鸣

学会虚度一生
我在鸟声中飞翔
高叫永不

当风暴加满汽油
光芒抓住发出的信
展开，再撕碎

目的地

你沿着奇数
和练习发音的火花
旅行,从地图
俯瞰道路的葬礼
他们挖得真深
触及诗意

句号不能止住
韵律的阵痛
你靠近风的隐喻
随白发远去
暗夜打开上颌
露出楼梯

变　形

我背对窗外田野
保持着生活的重心
而五月的疑问
如暴力影片的观众
被烈酒照亮

除了五点钟的蜜
早上的情人正老去
他们合为一体
哦乡愁大海上的
指南针

写作与桌子
有敌意的对角线
星期五在冒烟
有人沿着梯子爬出
观众的视野

回　家

回家，当妄想
收回它的一缕青烟
我的道路平行于
老鼠的隐私

往事令我不安
它是闪电的音叉
伏击那遗忘之手的
隐秘乐器

而此刻的压力
来自更深的蓝色
拐过街角我查看
天书和海的印刷术

我看见我回家

穿过那些夜的玩具

在光的终点

酒杯与呼喊重合

逆光时刻

闪电照在罪犯脸上
争论如此激烈!
而他的足音
随刚写下的诗句消失

夜是个漩涡
沉睡者如一件件衣服
在洗衣机里翻转

一只蝴蝶翻飞在
历史巨大的昏话中
我爱这时刻
像晾衣绳通向过去
和刮风的明天

狩 猎

女教师早已褪色
却在残缺的日记中
穿针引线
沿不断开方的走廊
全班追赶着兔子
谁剥下它的皮?

后门通向夏天
橡皮永远擦不掉
转变成阳光的虚线
兔子灵魂低飞
寻找投胎人

这是个故事,很多年
有人竖着耳朵

偷看了一眼天空

我们，吮吸红灯的狼

已长大成人

使 命

牧师在祷告中迷路
一扇通风窗
开向另一个时代:
逃亡者在翻墙

气喘吁吁的词在引发
作者的心脏病
深呼吸,更深些
抓住和北风辩论的
槐树的根

夏天到来了
树冠是地下告密者
低语是被蜂群蜇伤的
红色睡眠

不，一场风暴

读者们纷纷爬上岸

转　椅

我走出房间
像八音盒里的阴影
太阳的马臀摇晃
在正午站稳

转椅空空
从写作漏斗中
有人被白纸过滤：
一张褶皱的脸
险恶的词

关于忍受自由
关于借光

心，好像用于照明
更多的盲人
往返于昼夜间

开　锁

我梦见我在喝酒
杯子是空的

有人在公园读报
谁说服他到老到天边
吞下光芒？
灯笼在死者的夜校
变成清凉的茶

当记忆斜坡通向
夜空，人们泪水浑浊
说谎——在关键词义
滑向刽子手一边

滑向我：空房子

一扇窗户打开

像高音C穿透沉默

大地与罗盘转动

对着密码——

破晓!

旱 季

最初是故乡的风
父亲如飞鸟
在睡意朦胧的河上
突然转向
而你已沉入雾中

如果记忆醒着
像天文台里的夜空
你剪掉指甲
关门开门
朋友难以辨认

直到往日的书信
全部失去阴影
你在落日时分倾听
一个新城市
在四重奏中建成

护城河

河水在我心中延伸
有多少燕子
如谦卑学者加入
这天地间?

一排排椅子
开始夜的旅行
我逃学
从十二个时辰
卸下磨盘

如今我老了
像柳树沉入梦中
城门为了遗忘
永远敞开

苹果镀金

女人不再恋爱

词是诱饵

云中伟大的死者

在垂钓我们

第五街

白日是发明者花园
背后的一声叹息
沉默的大多数
和钟声一起扭头

我沿第五街
走向镜中开阔地
侍者的心
如拳头般攥紧

又是一天
喷泉没有疑问
先知额头的闪电
变成皱纹

一缕烟指挥

庞大的街灯乐队

不眠之夜

我向月亮投降

辑五

（2001—2008）

黑色地图

寒鸦终于拼凑成
夜:黑色地图
我回来了——归程
总是比迷途长
长于一生

带上冬天的心
当泉水和蜜制药丸
成了夜的话语
当记忆狂吠
彩虹在黑市出没

父亲生命之火如豆
我是他的回声
为赴约转过街角
旧日情人隐身风中

和信一起旋转

北京,让我
跟你所有灯光干杯
让我的白发领路
穿过黑色地图
如风暴领你起飞
我排队排到那小窗
关上:哦明月
我回来了——重逢
总是比告别少
只少一次

拉姆安拉

在拉姆安拉
古人在星空对弈
残局忽明忽暗
那被钟关住的鸟
跳出来报时

在拉姆安拉
太阳像老头翻墙
穿过露天市场
在生锈的铜盘上
照亮了自己

在拉姆安拉
诸神从瓦罐饮水
弓向独弦问路
一个少年到天边

去继承大海

在拉姆安拉
死亡沿正午播种
在我窗前开花
抗拒之树呈飓风
那狂暴原形

时间的玫瑰

当守门人沉睡
你和风暴一起转身
拥抱中老去的是
时间的玫瑰

当鸟路界定天空
你回望那落日
消失中呈现的是
时间的玫瑰

当刀在水中折弯
你踏笛声过桥
密谋中哭喊的是
时间的玫瑰

当笔划出地平线

你被东方之锣惊醒
回声中开放的是
时间的玫瑰

镜中永远是此刻
此刻通向重生之门
那门开向大海
时间的玫瑰

路　歌

在树与树的遗忘中
是狗的抒情进攻
在无端旅途的终点
夜转动所有的金钥匙
没有门开向你

一只灯笼遵循的是
冬天古老的法则
我径直走向你
你展开的历史折扇
合上是孤独的歌

晚钟悠然追问你
回声两度为你作答
暗夜逆流而上
树根在秘密发电

你的果园亮了

我径直走向你
带领所有他乡之路
当火焰试穿大雪
日落封存帝国
大地之书翻到此刻

给父亲

在二月寒冷的早晨
橡树终有悲哀的尺寸
父亲,在你照片前
八面风保持圆桌的平静

我从童年的方向
看到的永远是你的背影
沿着通向君主的道路
你放牧乌云和羊群

雄辩的风带来洪水
胡同的逻辑深入人心
你召唤我成为儿子
我追随你成为父亲

掌中奔流的命运

带动日月星辰运转
在男性的孤灯下
万物阴影成双

时针兄弟的斗争构成
锐角,合二为一
病雷滚进夜的医院
砸响了你的门

黎明如丑角登场
火焰为你更换床单
钟表停止之处
时间的飞镖呼啸而过

快追上那辆死亡马车吧
一条春天窃贼的小路
查访群山的财富
河流环绕歌的忧伤

标语隐藏在墙上

这世界并没多少改变：
女人转身融入夜晚
从早晨走出男人

晴　空

夜马踏着路灯驰过
遍地都是悲声
我坐在世纪拐角
一杯热咖啡：体育场
足球比赛在进行
观众跃起变成乌鸦

失败的谣言啊
就像早上的太阳

老去如登高
带我更上一层楼
云中圣者擂鼓
渔船缝纫大海
请沿地平线折叠此刻

让玉米星星在一起

上帝绝望的双臂
在表盘转动

那最初的

日夜告别于大树顶端
翅膀收拢最后光芒
在窝藏青春的浪里行船
死亡转动内心罗盘

记忆暴君在时间的
镜框外敲钟——乡愁
搜寻风暴的警察
因辨认光的指纹晕眩

天空在池塘养伤
星星在夜剧场订座
孤儿带领盲目的颂歌
在隘口迎接月亮

那最初的没有名字

河流更新时刻表
太阳撑开它耀眼的伞
为异乡人送行

同 行

这书很重,像锚
沉向生还者的阐释中
你的脸像大洋彼岸的钟
不可能交谈
词整夜在海上漂浮
早上突然起飞

笑声落进空碗里
太阳在肉铺铁钩上转动
头班公共汽车开往
田野尽头的邮局
哦那绿色变奏中的
离别之王

闪电,风暴的邮差
迷失在开花的日子以外

我形影不离紧跟你
从教室走向操场
在迅猛生长的杨树下
变小,各奔东西

过渡时期

从大海深处归来的人
带来日出的密码
千万匹马被染蓝的寂静

钟这时代的耳朵
因聋而处于喧嚣的中心
苍鹰翻飞有如哑语

为一个古老的口信
虹贯穿所有朝代到此刻
通了电的影子站起来

来自天上细瘦的河
穿过小贩初恋的枣树林
晚霞正从他脸上消失

汉字印满了暗夜

电视上刚果河的鳄鱼

咬住做梦人的膀胱

当筷子拉开满月之弓

厨师一刀斩下

公鸡脑袋里的黎明

青 灯

——给魏斐德(Fred Wakeman)

故国残月

沉入深潭中

重如那些石头

你把词语垒进历史

让河道转弯

花开几度

催动朝代盛衰

乌鸦即鼓声

帝王们如蚕吐丝

为你织成长卷

美女如云

护送内心航程

青灯掀开梦的一角

你顺手挽住火焰

化作漫天大雪

把酒临风
你和中国一起老去
长廊贯穿春秋
大门口的陌生人
正砸响门环

旅行日记

火车进入森林前
灭火器中的暴风雪睡了
你向过去倾听——

灯光照亮的工地：
手术中剖开的心脏
有人叮当打铁
多么微弱的心跳

桥纵身一跃
把新闻最阴暗的向度
带给明天的城市

前进！深入明天
孩子的语病
和星空的盲文

他们高举青春的白旗
攻占那岁月高地

在终点你成为父亲
大步走过田野
山峰一夜白了头

道路转身

致 敬

——给 G. 艾基（Gennady Aygi）

大雪剪纸中的细节
火光深处的城市——
绕过垂钓梦者的星星
行船至急转弯处
你用词语压舱

母亲的歌传遍四方

水壶中的风暴尖叫——
家园正驶离站台
打开你的窗户
此刻带领以往的日子
如大雁南飞

田野，你的悲伤

你排队买煤油

和人们跃入黑暗

带喉音的时代在呼喊:

也许是命运也许是

小号的孤独

哦嘹亮的时刻

俄罗斯母亲

是你笔下奔流的长夜

覆盖墓地的大雪

那等待砍伐的森林

有斧子的忧郁

读　史

梅花暴动中敌意的露水
守护正午之剑所刻下的黑暗
革命始于第二天早晨
寡妇之怨像狼群穿过冻原

祖先们因预言而退入
那条信仰与欲望激辩的河流
没有尽头，只有漩涡隐士
体验另一种冥想的寂静

登高看王位上的日落
当文明与笛声在空谷飘散
季节在废墟上站起
果实翻过墙头追赶明天

过 冬

醒来:北方的松林——
大地紧迫的鼓声
树干中阳光的烈酒
激荡黑暗之冰
而心与狼群对喊

风偷走的是风
冬天因大雪的债务
大于它的隐喻
乡愁如亡国之君
寻找的是永远的迷失

大海为生者悲亡
星星轮流照亮爱情——
谁是全景证人

引领号角的河流
果园的暴动

听见了吗？我的爱人
让我们手挽手老去
和词语一起冬眠
重织的时光留下死结
或未完成的诗

Copyright © 2015 by SDX Joint Publishing Company.
All Rights Reserved.
本作品版权由生活·读书·新知三联书店所有。
未经许可，不得翻印。

图书在版编目（CIP）数据

在天涯：诗选 1989～2008 / 北岛著．—北京：
生活·读书·新知三联书店，2015.6 （2022.5 重印）
（北岛集）
ISBN 978-7-108-05260-5

Ⅰ．①在… Ⅱ．①北… Ⅲ．①诗集－中国－当代
Ⅳ．① I227

中国版本图书馆 CIP 数据核字（2015）第 032198 号

责任编辑	冯金红
装帧设计	木　木
责任印制	董　欢
出版发行	生活·讀書·新知 三联书店
	（北京市东城区美术馆东街 22 号 100010）
网　　址	www.sdxjpc.com
经　　销	新华书店
印　　刷	河北鹏润印刷有限公司
版　　次	2015 年 6 月北京第 1 版
	2022 年 5 月北京第 7 次印刷
开　　本	880 毫米 × 1092 毫米　1/32　印张 7.125
字　　数	106 千字
印　　数	52,001－55,000 册
定　　价	52.00 元

（印装查询：01064002715；邮购查询：01084010542）